LES AMOURS DE MOMUS,

BALLET

EN MUSIQUE,

DANSE'
PAR L'ACADEMIE ROYALLE DE MUSIQUE.

On le vend,

A PARIS,

A l'Entrée de la Porte de l'Academie Royalle de Musique,
au Palais Royal, ruë Saint Honoré.

Imprimé aux dépens de ladite Academie.
Par CHRISTOPHE BALLARD, seul Imprimeur du Roy
pour la Musique.

M. DC. XCV.
AVEC PRIVILEGE DV ROY.

ACTEURS
DU PROLOGUE.

MELPOMENE, *Muse de la Tragedie.*

THALIE, *Muse de la Comedie.*

LA GLOIRE.

Suite de Melpomene.

Suite de Thalie.

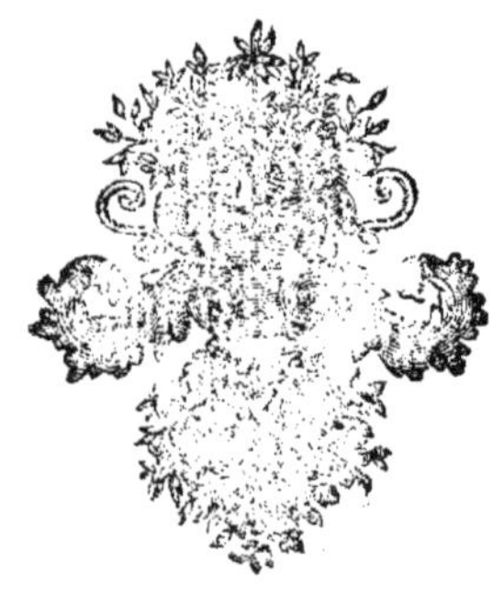

PROLOGUE.

Le Theatre reprefente un Jardin que l'on
à fait préparer pour y reprefenter
un Spectacle.

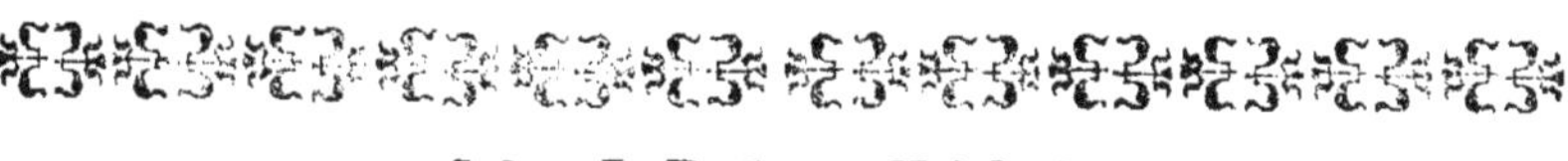

MELPOMENE.

N Héros qui partage avec les plus
    grands Dieux,
Leur fuprême pouvoir, leur fageffe
    profonde,
Vient fe délaffer en ces lieux
Du foin pénible & glorieux
De régler les deftins du monde.

               Elle parle à fa Suite.

Vous qui formez les Spectacles pompeux
Aufquels Melpomene préfide.

á ij

PROLOGUE.

Par vos soins empressez repondez à mes vœux,
Et suivez les transports du zelle qui me guide.

Que les Jeux que nous préparons
Soient dignes du Heros à qui nous les offrons.

CHOEUR.

Que les Jeux que nous préparons
Soient dignes du Heros à qui nous les offrons.

ENTRE'E de la Suite de Melpomene.

On entend un bruit champêtre.

MELPOMENE·

Mais, quelle champêtre harmonie,
De nos divins Concerts trouble les nobles sons!
Des Bergers conduits par Thalie,
Me font voir les autheurs de ces foibles Chansons.

ENTRE'E de la Suite de Thalie.

MELPOMENE à Thalie.

Pour plaire au Heros magnanime
Que j'adore & que vous servez,
J'entreprends des efforts pour les Dieux réservez;
Oseriez-vous troubler le dessein qui m'anime?

THALIE

A ce même Heros je consacre mes soins;
Je puis partager cette gloire.

MELPOMENE.

Vous ne prétendez pas du moins
Que vos Jeux sur les miens remportent la victoire?

PROLOGUE.

J'offre à ses yeux des Roys vainqueurs de l'Univers;
Je le peins à luy-même en cent tableaux divers,
Où de mille Vertus brille un noble assemblage:
Vous combatrez en vain mon pouvoir glorieux;
Il n'est permis qu'à moy de former une Image
  Si semblable à celles des Dieux.

THALIE.

 Il descendra de sa Grandeur suprême
  Pour prendre part à nos Ieux les plus doux:
Sa bonté quelquefois le dérobe à luy-même
  Pour l'abbaisser jusques à nous.

On entend un bruit de Trompettes.

Mais quel bruit éclatant vient de se faire entendre?

MELPOMENE.

Quelle clarté divine! il semble que les Cieux
  Dans ce séjour veulent descendre.
 Ou mon Héros va paroître en ces lieux,
Ou la Gloire elle même icy bas va se rendre.

La Gloire descend.

LA GLOIRE à Melpomene.

Que Thalie aujourd'huy par des Concerts nouveaux
Au Roy que nous servons s'efforce icy de plaire!
Toy, monte dans ce char, je vais te satisfaire,
Et donner des sujets à tes chants les plus beaux;
Vient voir mille Guerriers conduits par sa prudence,
  Ce Roy, l'ame de leurs Exploits,
M'attache à leurs destins par la même puissance,
  Qui l'a fait vaincre tant de fois.

PROLOGUE.

MELPOMENE.

Quel plus digne sujet de Chansons immortelles
Peut jamais s'offrir à mes Vers!
Partons.

à sa Suite,

Et vous, par de charmants Concerts,
Exprimez, s'il se peut, mes ardeurs les plus belles;
Profitez du loisir du Héros que je sers;
Ie vais sous son couroux voir trembler l'Univers.

Melpomene monte dans le char de la Gloire
& part avec elle.

THALIE.

Unissons nos accords. Qu'une Feste nouvelle
Fasse voir nostre Zele
Au plus grand des Héros!
Qu'une gloire éternelle
Couronne ses nobles travaux.
Unissons nos accords. Qu'une Feste nouvelle
Fasse voir nôtre zele
Au plus grand des Héros.

LE CHOEUR répete ces parolles, aprés lesquelles la
Suite de Melpomene & celle de Thalie s'unissent
& forment une Entrée de danse.

UN HE'ROS de la Suite de Melpomene.

Les Ris & les Plaisirs regnent dans ces boccares;
Le Zéphire amoureux, sous ces charmants ombrages
Dérobe ses ardeurs à la clarté du jour:

PROLOGUE.

Mars fait loin de ces lieux éclater ses tempêtes,
Et ce n'est que du Dieu qui fait naître l'amour
Que l'on y doit redouter les conquêtes.

UNE BERGERE.

Sous ce feüillage épais, dans ces réduits charmans,
Nos tranquiles amusemens
Ont plus d'attraits que l'on ne pense.
Est-il quelqu'autre bien digne de nos desirs,
Lorsque la Paix & l'Innocence
Prennent le soin de former nos Plaisirs.

DERNIERE ENTRE'E.

CHOEUR.

Préparons sur nos Musettes
Nos plus agréables sons.
Que les Tambours, que les Trompettes
Fassent retentir ces retraites
Des plaisirs dont nous joüissons.

FIN DU PROLOGUE.

ACTEURS
DE LA PIECE.

MOMUS, *Dieu de la Raillerie, Amant de Mélitte.*

HE'BE', *Déeſſe de la Jeuneſſe, aimée de Comus.*

COMUS, *Amoureux d'Hébé.*

MELITTE, *Nimphe de la Suite d'Hébé, ai-mée de Momus & de Palémon.*

PALE'MON, *Dieu des Eaux amoureux de Melitte.*

Chœur & Trouppe de Nimphes de la ſuite d'Hébé.

Chœur & Trouppe de Jardiniers portans des Fruits & des Fleurs.

VENUS.

Chœur & Trouppe de Graces & de Plaiſirs.

Chœur & Trouppe de Divinitez des Eaux.

Suite de Momus.

BACHUS.

LES

LES AMOURS
DE
MOMUS.
BALLET.

ACTE PREMIER.

Le Theatre represente les Jardins d'Hébé.

SCENE PREMIERE.

MOMUS, COMUS ensemble.

E ne puis vous croire insensible,
Vous voulez me cacher vos feux:
Vous affecteriez moins de paroître pai-
sible
Si vous n'êtiez pas amoureux.

A

COMUS.

Comus Dieu des Festins, aux plaisirs de la table
Borne tous les desirs qui peuvent l'enflammer.

MOMUS.

Momus est-il fait pour aimer ?
Et trouve-t-il quelqu'un aimable ?

COMUS.

Un cœur qui semble estre indomptable,
Tost, ou tard par l'Amour se laisse desarmer ;
Il n'est rien de plus redoutable
Qu'un ennemy qui sçait charmer.

MOMUS.

L'Amour est moins fort qu'on ne pense,
On peut mépriser ses ardeurs :
Mais la foiblesse de nos cœurs
Fait la grandeur de sa puissance.

COMUS.

Dans les Jardins d'Hébé l'on vous voit chaque jour.

MOMUS.

Vous m'y voyez ; je vous y voy de même ;
Si mes soins assidus font paroistre que j'aime,
Les vostres servent-ils à cacher vostre amour ?

COMUS.

Cessez de me faire un mystere.

MOMUS.

Parlons avec sincerité.
Un jeune Objet a sçû me plaire ;
Et s'il avoit moins de fierté ,
J'avouërois, pour vous satisfaire,
Que je pourrois bien-tost risquer ma liberté....
Vous vous troublez ! mon amour vous allarme
Je suis un rival dangereux....
Mais , n'apprehendez rien : Hébé seule vous charme ,
Et Mélite seule a mes vœux.

COMUS.

Palemon la chérit, Hébé le favorise ,
Cette Nymphe est sous son pouvoir.

MOMUS.

Tout doit flater mon entreprise ;
On unit rarement l'amour & le devoir....
Il paroist ; son secours me sera necessaire ,
Par son moyen je veux me rendre heureux ;
Que l'amitié nous unisse tous deux ,
Si Momus seul vous est contraire :
Un succés fortuné comblera tous vos vœux.

Momus se retire à part.

SCENE SECONDE.

MOMUS. PALE'MON.

PALEMON fans voir Momus.

Lieux charmants! retraites tranquilles!
Chers confidents des maux que j'ay foufferts,
Tous vos appas font inutiles,
Pour un cœur que l'Amour fait gémir dans fes fers;
Vous offrez à mes yeux le feul objet que j'aime,
Mais, vous ne l'offrez point fenfible à mes foûpirs:
Beaux lieux! témoins fecrets de ma douleur extrême;
Ne ferez vous jamais témoins de mes plaifirs!

MOMUS.

Quoy! toûjours rêveur, folitaire!

PALE'MON.

Dans fes cruels mépris Mélite perfevere.

MOMUS.

Quittez le vain efpoir dont vous eftes flatté.
Peut-on cherir un indigne efclavage!
Si nous avions plus de courage,
Les Belles cefferoient d'avoir tant de fierté.

BALLET.

PALE'MON.

J'aime le mal qui me poſſede.
Le dépit vainement voudroit me ſecourir ;
Le ſeul amour doit eſtre le reméde
Des peines qu'il nous fait ſouffrir.

MOMUS.

Trop d'amour incommode,
Ce n'eſt plus la mode
De ſe laiſſer tant enflammer :
Un Amant trop plaintif devient deſagréable ;
Et bien ſouvent pour trop aimer,
L'on ceſſe d'eſtre aimable.

PALE'MON.

Devant l'objet qui captive mes ſens,
J'étouffe, quelquefois, des ſoupirs languiſſans,
Et contrains à ſes yeux mon amour a ſe taire :
Jugez ſi d'un beau feu mon cœur eſt animé !
Puiſque la crainte de déplaire,
L'emporte ſur l'eſpoir que j'aurois d'eſtre aimé.

MOMUS.

Dans l'amoureux myſtere ;
Un Amant un peu temeraire ,

S'épargne un long détour :
S'il faut pour plaire à sa Maistresse,
Du respect & de la sagesse,
Il faut du moins autant d'amour.

Dans vostre sort la pitié m'interesse.
Prés de Mélitte, éprouvez mon secours !

PALEMON.

Ah ! si vous la faisiez répondre à ma tendresse,
Je devrois à vos soins le repos de mes jours.

MOMUS.

Quels chants icy se font entendre !

PALEMON.

Dans ces Jardins, sous ces ombrages verds,
Les Nymphes d'Hébé vont se rendre.

MOMUS.

Tout flatte nos desirs, écoutez leurs concerts :
Pour vous servir je vais tout entreprendre.

SCENE TROISIE'ME.

HE'BE', ME'LITTE, MOMUS, PALEMON.

Chœur & Troupes de Nymphes de la suite
d'Hébé.

CHOEUR.

Joüiſſons des plaiſirs charmants
Que donne le bel âge.

HE'BE'.

Faiſons un doux uſage
Des aimables moments
Que la jeuneſſe a pour partage.

CHOEUR.

Joüiſſons des plaiſirs charmants
Que donne le bel âge.

ME'LITTE.

Fuyons l' Amour, baniſſons les Amants,
Le plus doux eſclavage
Cauſe mille tourments,
Dans les plus beaux engagements
La paix & la raiſon font un cruel naufrage.

8   LES AMOURS DE MOMUS
CHOEUR.

Joüissons des plaisirs charmants
Que donne le bel âge.

ENTRE'E DES NYMPHES.

CHOEUR.

Dans les beaux jours de la jeunesse
L'on doit chercher les vrais plaisirs !

LA NYMPHE.

Suivons les loix de la tendresse.
Livrons nos cœurs à d'innocens desirs.

CHOEUR.

Dans les beaux jours de la jeunesse
L'on doit chercher les vrais plaisirs !

LA NYMPHE.

Les Dieux Autheurs de l'austere sagesse
N'ont point rougi de pousser des soupirs.

CHOEUR.

Dans les beaux jours de la jeunesse
L'on doit chercher les vrais plaisirs.

Les Nymphes recommencent leurs Dances.
HEBE'.

SCENE QUATRIE'ME.

HE'BE', ME'LITTE.

HE'BE'.

Vous goûtez les plaisirs les plus doux de la vie;
L'Amour qui marche sur vos pas,
Soûmet à vos jeunes appas,
Mille Amants enchantez dont vous estes suivie;
Il blesse tout pour vous, & ne vous blesse pas:
Vous goûtez les plaisirs les plus doux de la vie.

ME'LITTE.

Je fuis l'Amour, il est trop dangereux
De chercher sous ses loix une fatalle gloire:
Quand on a triomphé dans l'Empire amoureux,
L'esclavage est souvent le prix de la Victoire.

HE'BE'

Vous écoutez Momus sans trop vous allarmer;
De vos sermens perdez-vous la memoire?

ME'LITTE.

Momus feint de m'aimer,
Et je feins de le croire.

B

HEBE'.

Non, il est amoureux, je le sçay, je le voy,
Et puisqu'il faut te montrer ma foiblesse,
Mon jaloux orgueil se blesse
De voir que je n'ai pû le ranger sous ma loy.

MELITTE.

Ma conqueste à ses yeux a paru plus facile.

HEBE'

Tu veux me flater vainement:
Si Momus, par mes soins ne devient mon Amant,
Mon cœur ne peut estre tranquille.

MELITTE.

Quoy! l'aimez vous ?

HEBE'.

Je ne veux aimer rien:
Au repos de nos jours la tendresse est contraire,
On peut aimer à plaire,
Sans vouloir s'engager dans un fatal lien ;
L'Amour coûte des pleurs, ses biens ne durent guére
Je ne veux aimer rien.

MELITTE.

Vos regards ont fait la conqueste
Du Dieu qui préside aux festins ;
Il doit bien-tost en ces Jardins,
Celebrer pour vous plaire une galante feste ;
Il est toûjours à plaindre, & toûjours amoureux.

HE'BE'

Ah! que Momus n'est-il pour moy de même!
Que j'aurois un plaisir extrême
De le rendre aussi malheureux.
Palémon te fait voir une flame constante :
Un triomphe si beau ne te suffit-il pas ?

ME'LITTE.

Je serois encor plus contente
Si ce triomphe estoit l'effet de vos appas.

HE'BE'

Un cœur peut estre heureux & n'estre pas paisible.
Quand on traite l'Amour comme un amusement,
On ne ressent jamais les peines d'un Amant
Ny la froideur d'un insensible.

MELITTE.

Un cœur n'est guere heureux lorsqu'il n'est pas paisible.
Quand on traite l'Amour comme un amusement,
On ne ressent jamais les plaisirs d'un Amant,
Ny les douceurs d'un insensible.

Hébé & Mélitte chantent ensemble chacune
l'un des couplets cy-dessus.

HE'BE'.

Comus paroist.

B ij

SCENE CINQUIE'ME.

HE'BE', MELITTE, COMUS,
Chœur & Troupe de Jardiniers portans
des fleurs & des fruits.

COMUS à HE'BE'.

DEs biens de Pomone & de Flore,
Je viens faire un hommage à l'objet que j'adore.
Ingratte, vous m'avez appris
A vous aimer sans esperance ;
Mais mon amour & ma perseverance
Me vangeront de vos mépris.
Ne cesserais-je point de vous voir inhumaine ;
Cruelle, sans pitié vous voyez mes douleurs !

HE'BE'.

Esperez que le Ciel, touché de vostre peine,
Par quelqu'autre secours finira vos malheurs.

COMUS

A d'éternels mépris ma flamme est condamnée :
Quel vain secours attendrois-je des Cieux ?
Les Arrests de ma destinée
Sont écrits dans vos yeux :
Du Dieu qui fait aimer redoutez la puissance ;
Sa vengeance est à craindre, il punit les ingrats.

H E´B E´.

Vos jeux font préparez, ne les retardons pas,
C'eft trop faire durer ma jufte impatience.

Entrée de la fuite de Comus.

CHOEUR.

Faifons retentir dans les Airs,
La gloire toûjours nouvelle ,
De l'Aimable immortelle
A qui nous offrons nos Concerts:
Eft-il de Deeffe plus belle ?
C'eft par elle
Que le Dieu des Amours regne fur l'Univers:
Faifons retentir dans les Airs,
La gloire toûjours nouvelle,
De l' Aimable immortelle
A qui nous offrons nos Concerts.

La fuite de Comus recommance fes Dances, aprés lefquelles on reprend le Chœur cy-deffus.

FIN DU PREMIER ACTE.

ACTE SECOND.

Le Théatre represente le Palais d'Hébé.

SCENE PREMIERE.

ME'LITTE seule.

Douce tranquillité que vous estes charmante!
Peut-on joüir sans vous d'une vie innocente?
Vous estes le seul bien, digne de nos desirs:
Amants! ne vantez plus vos esprances vaines,
L'Amour vend bien cher ses plaisirs,
S'il faut pour les goûter que l'on porte des chaînes.

SCENE SECONDE.

MELITTE, PALEMON.

PALEMON.

MAlgré voftre injuſte froideur,
Ingratte, connoiſſez l'excés de mon ardeur!
Voftre fierté n'a pû rallentir ma tendreſſe;
Ah! quand l'Amour me force à vous ſuivre en tous
     lieux;
          N'inſultez point à ma foibleſſe,
Et reſpectez du moins, l'ouvrage de vos yeux.

MELITTE.

Vous vous plaignez, mille Amants font de même,
L'on ne voit que malheurs dans l'Empire amoureux;
Si l'Amour eſt un mal, ſi grand, ſi dangereux:
Pouvez-vous bien m'aimer & ſouhaitter que j'aime?

PALEMON.

Vous bravez ma douleur; en vain je ſuis vos pas,
Inhumaine!

MELITTE.

Eſperez.

PALE'MON.

Ciel! seroit-il possible?
Ah! si si je me flattois de vous rendre sensible,
Que mes peines auroient d'appas!

MELITTE.

Ne perdez jamais l'esperance:
Aprés les maux, les plaisirs ont leur tour;
A la fin mon indifference
Poura lasser vostre constance.

A la fin mon indifference
Finira vostre amour.

SCENE TROISIE'ME.

PALE'MON seul.

Quel prix d'une ardeur trop fidelle!
Vous qui n'aimez jamais, que vous estes heureux!
L'Objet qui méprise mes vœux,
M'accable des rigueurs d'une haine cruelle,
Et cependant, brûlé de mille feux:
Mon cœur jure en secret de n'aimer jamais qu'elle,
Et semble en estre encor cent fois plus amoureux:
Quel prix d'une ardeur trop fidelle!
Vous qui n'aimez jamais, que vous estes heureux.

SCENE

SCENE QUATRIE'ME.

PALE'MON, MOMUS.

PALE'MON.

Venez prendre part à ma peine,
  Mélitte est toujours inhumaine ;
Mais la cruelle a beau mépriser mes ardeurs,
Je sens que mon dépit augmente ma tendresse.

MOMUS.

Je n'accuseray point vostre amour de foiblesse ;
  Mais aujourd'huy, les tendres cœurs.
  N'ont plus tant de délicatesse.

Autrefois un Amant content de ses malheurs,
D'une fiere beauté cherissoit les rigueurs,
Et malgré ses mépris la trouvoit adorable :
  Mais à present, pour se laisser charmer,
  On veut une beauté traitable,
  Et l'on ne trouve rien d'aimable,
Dans le plus bel Objet qui ne sçait pas aimer.

PALE'MON.

Un cœur qui reconnoist l'amoureuse puissance
  N'a-t-il plus besoin de constance ?
  Peut-il estre heureux en un jour ?
  Est-ce le hazard qui dispence
Les faveurs qu'autrefois on devoit à l'Amour ?

Mais, c'en est trop ; je suis las de me plaindre ;
Au deffaut de l'Amour, l'hymen a d'autres nœux
      Qui peuvent combler tous mes vœux.

MOMUS.

    Il est dangereux de contraindre
Une Maistresse insensible à nos feux :
Tous les soins que l'on prend pour s'en faire trop
    craindre,
Ne servent, bien souvent, qu'à la forcer à feindre,
    Et qu'à rendre un rival heureux.

PALE'MON.

    Mélitte chérit l'innocence :
D'un austere devoir son cœur est trop jaloux.

MOMUS.

     Dans la vengeance
L'on cherche avec plaisir à remplir son courroux :
    Une beauté que la contrainte offence,
    Quand elle veut se vanger d'un Epoux,
    Sçait trouver des plaisirs bien doux
     Dans la vengeance.

PALE'MON.

Non ; je n'écoute rien, tout flatte mes desirs ;
Junon, Venus, Hébé me seront favorables ;
Ie rendray Jupiter témoin de mes soûpirs ;
Ce Dieu, sensible aux maux des Amants miserables,
Sçaura par son pouvoir assurer mes plaisirs.

MOMUS à part,

O Ciel !

PALEMON.

Je veux encor luy cacher ma foiblesse.
Je voudrois ne devoir mon bonheur qu'à mes soins,
Tout autre secours me blesse :
Faut-il qu'un excés de tendresse,
Soit aujourd'huy ce qui charme le moins ?

Mais dans les Airs une splendeur nouvelle
Releve la clarté du jour !
La Terre semble en devenir plus belle.
C'est la Déesse de l'Amour.
C'est Venus, qui descend de la gloire eternelle,
Et qui répand sur cet heureux sejour
L'éclat & les attraits qu'elle porte avec elle.

SCENE CINQUIE'ME.

Venus descend dans une machine, accompagnée
des Graces & des Plaisirs.

MOMUS, PALE'MON, VENUS,
Chœur & Troupes de Graces & de Plaisirs.

LE soin d'appaiser vos douleurs
Dans ces lieux m'engage à descendre.
Vostre amour doit tout entreprendre
Pour attendrir l'Objet qui fait couler vos pleurs,

Que les soins, les regards, les soûpirs & les larmes,
    Sont de puissantes armes !
D'un cœur qu'on veut toucher ils bannissent la Paix,
Ils séduisent l'orgueil par d'agréables charmes,
Et peignent l'esclavage avec de doux Attraits :
Pour regner sur les cœurs l'Amour n'a d'autres traits
Que les soins, les regards, les soûpirs & les larmes.

Venus secondera de si tendres amours.
Vous Graces ? vous Plaisirs, qui me suivez sans cesse,
Par vos tendres Concerts moderez sa tristesse ?
Qu'il commence par vous d'éprouver mon secours ?

ENTRE'E DES GRACES & DES PLAISIRS.

UN PLAISIR.

Tendres Amants
Ne brisez point vos chaînes ;
De doux moments
Suivront enfin vos peines.

CHOEUR.

Tendres Amants
Ne brisez point vos chaînes ;
De doux moments
Suivront enfin vos peines.

UN PLAISIR.

Si vos desirs
Vous font verser des larmes ;
Tant de soûpirs
De tourmens & d'allarmes,
De vos plaisirs
Redoubleront les charmes.

CHOEUR.

Tendres Amants
Ne brisez point vos chaînes ;
De doux moments
Suivront enfin vos peines.

UN PLAISIR.

L'Amour vangeur
Des coups dont il vous blesse,
Sera vainqueur
D'une fiere maistresse :
Le plus grand cœur
A des jours de foiblesse.

CHOEUR.

Tendres Amants
Ne brisez point vos chaînes ;
De doux moments
Suivront enfin vos peines.

MOMUS à Venus.

Palemon doit avoir des graces à vous rendre.
Vous pouvez tout sur l'Amour voſtre fils ;
Quel ſuccés de vos ſoins ne doit-on pas attendre !
Mais, parlons ſans myſtere ; un nouvel Adonis,
N'eſt-il point le ſujet qui vous a fait deſcendre !

Venus plus d'une fois ne ſongeant plus aux Dieux,
Et pour ſuivre un mortel, abandonnant les Cieux,
D'un amour prévenant, a tracé le modelle :
Son exemple a banny bien de vaines façons ;
Et je connois plus d'une belle
Qui pourroit de cét art luy donner des leçons.

VENUS.

Momus ne ſe plaiſt qu'à médire.
Ses menſonges divers ſont connus en tous lieux.

MOMUS.

Momus eſt quelquefois accuſé d'en trop dire,
Mais, il faut l'avoüer, la plus forte Satire
Eſt ſouvent deüe aux plus grands Dieux.

VENUS.

La loy d'aymer eſt naturelle,
Aux charmes de l'amour rien ne peut reſiſter ;
Peut-on devenir criminelle,
En ſuivant un penchant qu'on ne ſçauroit dompter.

MOMUS.

Vos exemples flatteurs n'ont eu que trop de force,
On se rend bien souvent sans avoir combattu ;
Et vous avez fait naistre un terrible divorce,
Entre l'Amour & la Vertu.

VENUS.

Je vous quitte sans vous répondre.
Momus, craignez qu'un jour pour vous confondre,
L'Amour ne me vange de vous ;
Palémon, conservez une ardeur invincible,
Si Melitte pour vous ne peut-estre sensible ;
Jamais un autre, au moins, ne sera son Epoux.

SCENE SIXIE'ME.

PALE'MON, MOMUS.

MOMUS.

Sans user du pouvoir suprême
Que le maistre des Dieux a sur tout l'Univers,
Vous recevrez le prix de tant de maux soufferts :
Venus court assûrer vostre bonheur extrême.

PALE'MON.

Du secours de Venus, je dois tout esperer
Et je veux, pour fléchir l'ingratte que j'adore,
Que mon amour s'exprime encore
Par des jeux qu'en ces lieux je feray célebrer.

Si le cœur d'une ingrate à mes vœux se refuse,
Si sa froideur outrage un trop fidel Amant:
Sa rigueur servira d'excuse
A mon juste ressentiment.

SCENE SEPTIE'ME.
MELITTE, MOMUS.
MOMUS sans voir Melitte.

IL le faut avoüer, mon cœur avec justice,
S'alarme d'un obstacle à son amour fatal...
Ne puis-je, par quelque artifice,
Tromper l'espoir de mon Rival....
Ne craignons rien, tout me sera facile,
Ie puis.. Màis quel objet se presente à mes yeux!
Quel dessein vous conduit en ces paisibles lieux!
MELITTE.
Ie cherchois un sejour tranquille,
Où nul amant trompeur ne suivit point mes pas,
Et je l'aurois trouvé dans ce charmant azille,
Si Momus ne s'y trouvoit pas.

MOMUS.

MOMUS.

Si les amants joignoient a des flammes difcrettes
Et ma conftance & ma fincerité ;
Moins de belles feroient fujettes
Au repentir de leur credulité ?

MELITTE.

Ai-je pû vous lier d'une amoureufe chaîne !
A mes foibles attraits, avez vous pu ceder ?

MOMUS.

Si vous en eftiez moins certaine,
Vous ne rifqueriez pas de me le demander.

MELITTE.

Pour payer un aveu fi fincere & fi tendre,
Je veux bien enfin vous apprendre
A quoy fe bornent tous mes vœux ;
La feule liberté m'enchante,
Et je fuis plus indifferente
Que voftre cœur n'eft amoureux.

MOMUS.

Palémon punira les mépris d'une ingrate.
Voftre Hymen eft conclu ; Jupiter eft pour luy :
Qu'aucun vain efpoir ne vous flatte,
Contre un Dieu fi puiffãt trouve-t'on quelque apuy?

MELITTE.

O Ciel ! à ce malheur ferois-je condamnée !

Je puis rompre cet Hymenée.
Flattez le tendre amour que j'ay pris dans vos yeux;
Mais parlez; j'aperçoy Palémon; il s'avance,

MELITTE.

Ah! sauvez-moy d'un hymen odieux,
Et fiez vous à ma reconnoissance.

SCENE HUITIE'ME·

MELITTE, MOMUS, PALE'MON,
Chœur & Troupe de Divinitez des Eaux.

PALE'MON à Mélitte.

BElle Nymphe cedez, à l'ardeur de mes feux!
Connoissez ma perseverance:
Vous! qui du Dieu des Eaux reverez la puissance,
Exprimez, par vos chants, mes transports amoureux.

Il n'est point de plus juste hommage
Que celuy que l'Amour fait rendre à la beauté;
Elle fait cherir l'esclavage,
Et force avec douceur le cœur le plus sauvage
A n'aimer plus la liberté.
Il n'est point de plus juste hommage
Que celuy que l'Amour fait rendre & la beauté.

Le Chœur repette ces paroles,

ENTRE'E DES DIVINITEZ DES EAUX.

Deux Nymphes chantent ce Menuet, & le Chœur
des Nymphes le repette aprés elles.

Un cœur a beau se deffendre,
Il pousse enfin des soupirs ;
Bien-tôt l'amour vient le surprendre :
Rien n'est si doux que de se rendre
Au charme flateur des plaisirs.

LES MESMES NYMPHES.

En vain le cœur le moins tendre
Cherche à vivre sans desirs :
Bien-tôt l'Amour vient le surprendre.

Le Chœur repette encore ces mêmes paroles ; & la
suite de Palémon recommence ses Dances.

CHOEUR.

Il n'est point de plus juste hommage
Que celuy que l'amour fait rendre à la beauté :
Elle fait cherir l'esclavage,
Et force avec douceur le cœur le plus sauvage
A n'aimer plus la liberté.
Il n'est point de plus juste hommage
Que celuy qne l'amour fait rendre à la beauté.

FIN DU SECOND ACTE.

ACTE III.

Le Théatre represente un lieu qu'Hébé a fait orner pour servir aux Nôpces de Mélitte & de Palémon.

SCENE PREMIERE.

HE'BE' seule.

Qu'un vain orgueil cause de peines !
Trop heureux qui se borne à regner sur son cœur !
Les soins de tant d'Amants soumis à ma rigueur,
Pourroient combler les vœux des beautez les plus
    vaines ;
    Cependant toute leur ardeur,
Ne sçauroit qu'augmenter la honte & la douleur
D'en voir un plus heureux se choisir d'autres chaînes.
    Qu'un vain orgueil cause de peines !
Trop heureux qui se borne à regner sur son cœur.

Je voy Momus, mon dépit se redouble ;
Lâche ! Quoy ? ma fierté ne peut me secourir ?
La honte de sentir mon trouble,
N'a-t-elle pas dû m'en guerir !

SCENE SECONDE.

HE'BE', MOMUS.

HE'BE'.

Vous paroissez surpris ! craignez-vous ma pre-
sence ?
Mes yeux pour vous n'ont rien de dangereux.

MOMUS.

On rend hommage à leur puissance
Quand on craint d'en estre amoureux.

HE'BE'.

Ne craignez point de vous laisser surprendre,
Le seul nom de l'Amour suffit pour m'étonner :
Je ne veux point en prendre,
Et ne puis en donner.

Pour vous vous n'aymez rien !

MOMUS.

Je crains trop l'esclavage.
La raillerie est mon partage.
Ce n'est point à Venus que Momus fait sa Cour:
Qui veut railler doit estre sage,
Et rarement on l'est quand on a de l'amour.

HE'BE'.

C'est trop me déguiser un feu qui vous devore.
Mélitte est jeune & belle & vostre cœur l'adore;
Mais je vous plains d'avoir vû ses beaux yeux.

A Palémon la Nymphe est destinée,
Et c'est pour celebrer cet heureux Hymenée
Que j'ay fait preparer la pompe de ces lieux.
D'un coup fatal je voy vostre ame atteinte;
Avoüez le trouble & la crainte
Dont vostre cœur est agité.

MOMUS.

Si l'Amour triomphoit de mon indifference
Et qu'une volage beauté
M'outrageât par son inconstance;
Son Hymen & ma liberté
Rempliroient toute ma vengeance.

SCENE TROISIE'ME.

HE'BE' seule.

IL cache de son cœur le désordre fatal,
Si je n'ay pû sur luy remporter la victoire,
Le triomphe de son rival
Vange la perte de ma gloire.

La seule vanité peut tout sur mon esprit,
Je sens bien que jamais l'Amour n'en fut le maistre,
Une ardeur que l'orgueil fait naistre
S'éteint bien-tôt par le dépit.

Momus paroist! quel dessein le rameine!
Contraignons ses regrets; ma presence le gêne:
Quel plaisir… mais plutôt cachons nous en ces lieux,
Si je pers la douceur de redoubler sa peine,
J'auray celle, du moins, de la connoistre mieux.

SCENE QUATRIE'ME.

HE'BE' à l'écart, ME'LITTE, MOMUS.

MOMUS à Mélitte.

Mes soins ont réüssi; vous n'avez rien à crain-
dre,
L'amoureux Palémon séduit par mes discours,
A crû que s'il cessoit de vouloir vous contraindre;
Vous couronneriez ses amours:
Par cet espoir flateur j'ay trompe sa tendresse,
Et sa vaine delicatesse,
Auprés de Jupiter l'interessant pour vous;
Ce Dieu que l'Olimpe revere
A juré qu'à vos vœux rien ne seroit contraire,
Et que vostre choix seul vous feroit un Epoux.

HE'BE' à part.

Qu'entens-je!

ME'LITTE.

Quel bonheur succede à mes allarmes!
Heureuse liberté dont je goûte les charmes,
Qu'avec plaisir je vous voy de retour!
La douleur de vous perdre en ce funeste jour,
A mes yeux languissants a bien coûte des larmes!
Heureuse liberté, dont je goûte les charmes,
Qu'avec plaisir je vous voy de retour!

MOMUS.

MOMUS.

Vous avez flatté ma tendresse ;
Mais d'une juste peur mon cœur se sent frapper ;
Seriez-vous bien la premiere Maistresse
Qui ne sceust pas l'art de tromper ?

MELITTE.

Vostre ardeur à mes yeux vient assez de paroistre :
Attendons Palémon ; je veux faire connoistre,
Que le cœur de Mélitte est juste & genereux.

MOMUS.

Je puis, si je vous croy, me flatter d'estre heureux.
Deja, pour celebrer un succés favorable
Qui comble vos souhaits & remplit mes desirs,
J'ay formé les apprests d'une Feste agréable,
Dont je vais vous offrir les innocens plaisirs.
De quel étonnement Hébé sera saisie !
Cette Déesse ignore nos ardeurs....

HEBE'.

Non, non ; Hébé connoist le secret de vos cœurs,
Et voit vostre bonheur sans vous porter envie.
Mélitte ! vos desirs seront bien-tôt contents,
Vous trompez Palémon, Hébé, Jupiter même,
Vos premiers coups d'essay sont des coups éclattants,
Et j'ignorois qu'un cœur pust en si peu de tems,
Estre semblable à ce qu'il aime.
Je traitte encor mes yeux d'infideles témoin....

MOMUS.

Il est peu de cœurs sans mystere.
En vain à les connoistre on applique ses soins:
Celuy qu'on croit le plus sincere ,
Est bien souvent celuy que l'on connoist le moins.

Mais on vient celebrer une nouvelle Feste !

HE'BE'.

Momus en veut , sans doute honorer sa conqueste !
Jupiter est mon Pere & le Maistre des Dieux.
A ses Arrests je doy souscrire
Je vais.....

MELITTE à part à Hébé.

Ah ! demeurez , ne quittez point ces lieux
Je ne m'explique point , je craindrois d'en trop dire ;
Mais avant qu'il soit peu vous me connoistrez
  mieux.

SCENE CINQUIE'ME.

HE'BE', ME'LITTE. MOMUS, BACHUS,
Troupe de fuivans de Momus.

PREMIERE ENTRE'E de la fuite de Momus.

BACHUS.

JE viens d'une Fefte charmante
Redoubler les vives douceurs,
Et par de Bachiques ardeurs
Augmenter s'il fe peut le feu qui vous enchante,
Et qui brûle vos tendres cœurs.

L'Amour doit à Bachus la moitié de fa gloire.
Quand le Dieu des Amants court feul à la victoire,
On peut quelquefois le domter;
La raifon bien fouvent triomphe de fes charmes:
Mais quand le Dieu du vin luy veut prêter des armes
Rien ne fçauroit luy refifter.

La fuite de Momus recommance fes Dances.

MOMUS.

Je croy voir Palémon.

ME'LITTE.

L'Amour icy l'appelle.

MOMUS.

Vous l'allez mal payer de fa fidelité.

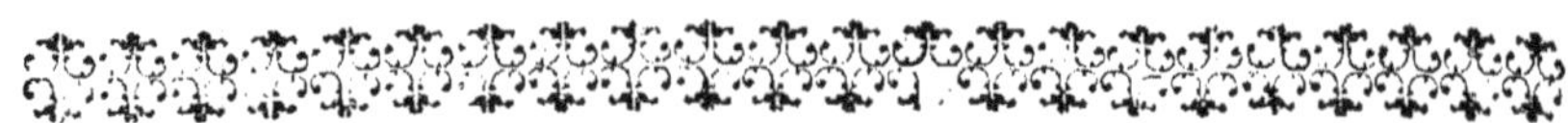

SCENE SIXIE'ME.

HE'BE', ME'LITTE, PALE'MON, MOMUS, COMUS, BACHUS.
CHOEUR & TROUPE de ſuivans de Momus.

PALE'MON à Mélitte.

J'Ay ſuivi les conſeils d'un amy plein de zele,
Vous eſtes libre enfin, & Momus m'a flatté
  Qu'un cœur genereux & fidele
Pourroit d'un cœur ingrat vaincre la cruauté.
Ne trahirez vous point cette douce eſperance?
  Parlez? nommez voſtre vainqueur.

MOMUS.

D'un Dieu qui vous adore achevez le bonheur,
Et cedez pour le moins à la reconnoiſſance.

PALE'MON, MOMUS.

Souffrez qu'en voſtre cœur l'Amour ſoit le plus fort.
  Partagez une douce flâme.

ME'LITTE.

Puiſqu'il faut reveler le ſecret de mon ame,
  Je vais enfin ordonner de mon ſort.

L'Hymen n'a pas toujour le chagrin en partage
  Mais c'eſt aſſez qu'il ſoit un eſclavage

Pour me rendre infenfible à fes trompeurs attraits;
   Je me crains, je fçay ma foibleffe.
Je pourrois vous aimer avec trop de tendreffe,
   Et je ne veux aimer jamais.

MOMUS.

O Ciel!

HE'BE' à part.

Un doux fuccés trompe enfin mon attente.

PALE'MON.

Vous infultez, ingratte, une ardeur trop conftante.
Il faut fe dérobber à vos cruels mépris,
Malgré mon défefpoir j'adoreray vos charmes,
Je vais loin de vos yeux livrer les miens aux larmes,
Et gémir fous les coups des traits qui m'ont furpris;
J'étouffe dans mon cœur un courroux équitable,
   Puiffe le Ciel à vos vœux favorable
Vous former à jamais des moments fortunez,
Et s'il ne peut pour moy vous rendre plus fenfible,
   Vous épargner, s'il eft poffible,
Jufqu'aux remors des maux où vous m'abandonnez.

SCENE DERNIERE.

HE'BE', ME'LITTE, MOMUS, COMUS,
Suite de Momus. Bachus.

COMUS à Hébé.

Dois-je vous voir aussi méprifer ma tendreſſe?
De mes cruels malheurs rompez enfin le cours.

HE'BE'.

Je veux que vous m'aimiez ſans ceſſe.
L'Hymen eſt le tombeau des plus tendres amours;
Si je voulois répondre à l'ardeur qui vous preſſe,
Vous ne m'aimeriez pas toujours
Je veux que vous m'aimiez ſans ceſſe.

COMUS.

Vous m'ordonnez de vous aimer;
L'Amour ſera vainqueur de voſtre reſiſtance:
Craignez ce Dieu qui peut tout enflammer;
Et craignez encor plus mes ſoins & ma conſtance.

HE'BE'.

Mais Momus en amour n'eſt pas des plus heureux.

ME'LITTE.

A ſon malheur, Momus a dû s'attendre.

BALLET.

MOMUS.

Je ſçay trop comment je doy prendre
Un ſuccés qui paroiſt ſi contraire à mes vœux :
Que rien ne trouble icy nos plaiſirs & nos jeux !
Sçavez-vous ſi pour vous ſurprendre
Je n'ay pas feint d'eſtre amoureux !

MELITTE.

L'effet a mal rempli voſtre envie indiſcrete.

MOMUS.

Contre un ſexe flateur & trop ſûr de ſes coups,
L'adreſſe eſt toujours imparfaite ;
La plus ſimple, la moins coquette,
Sçait tromper cent fois mieux que nous.

HE'BE', MELITTE, MOMUS.

Joüiſſons d'une Paix profonde.
L'indifference eſt le ſuprême bien.
Un cœur qui ne deſire rien
Poſſede tous les biens du monde.

Le Chœur repette ces paroles.

SECONDE ENTRE'E de la suite de Momus.

MOMUS, BACHUS.

Amants qui gemissez dans de cruelles peines,
    Cessez d'aimer vos chaînes,
    Bachus veut vous en dégager;
    Vangez-vous du trait qui vous blesse.
Le Vin fait oublier une ingratte Maistresse,
Et c'est en l'oubliant que l'on doit s'en vanger.

La Suite de Momus forme la derniere Entrée.

CHOEUR.

Que ces Forests de nos chants retentissent!
Que les Oiseaux à nos concerts s'unissent;
    Les vrais plaisirs sont faits pour nous.
    Que nostre sort est doux!

Fin du troisiéme & dernier Acte.

www.ingramcontent.com/pod-product-compliance
Ingram Content Group UK Ltd.
Pitfield, Milton Keynes, MK11 3LW, UK
UKHW031750170726
13836UKWH00002B/960